KB060300

EEWON'20

청어詩人選 339

# 에릭 사티와
# 흰 돌을 명상하다

오소후 제5시집

청어

# 에릭 사티와 흰 돌을 명상하다

오소후 지음

발 행 처 · 도서출판 청어
발 행 인 · 이영철
영    업 · 이동호
홍    보 · 천성래
기    획 · 남기환
편    집 · 방세화
디 자 인 · 이수빈 | 김영은
제작이사 · 공병한
인    쇄 · 두리터

등    록 · 1999년 5월 3일
(제321-3210002510019990000063호)

1판 1쇄 발행 · 2022년 7월 20일

주소 · 서울특별시 서초구 남부순환로 364길 8-15 동일빌딩 2층
대표전화 · 02-586-0477
팩시밀리 · 0303-0942-0478

홈페이지 · www.chungeobook.com
E-mail · ppi20@hanmail.net
ISBN · 979-11-6855-054-4(03810)

이 책은 😊 문화재단 지원금으로 출판하였습니다.

# 에릭 사티와 흰 돌을 명상하다

오소후 제5시집

# 책머리에 붙여

음악을 듣는다. 흰 돌을 바라본다. 요즘 말로 돌멍을 한다. '난 그대를 원해(Je te veux)'는 에릭 사티(Erik Satie)의 곡에 귀를 기울이지 않는다. 그냥 하고 싶은 행위를 하면 된다. 사티가 그렇게 하라고 했다. 라투르의 시 「오래된 것들」에서 영감을 얻은 '세 개의 짐노페디'로 바뀐다. 어디먼 데서 오는 찬양의 소리, 빛의 흔들림 그렇게 느꼈다. '벡사시옹' 곡은 840번을 반복해서 연주하라고, 어떤 곡은 마딧줄이 없다. 단순함을 갈망했다면 그가 추구한 영지(靈知; gnosis)란 무엇이었을까.

저 변할 줄 모르는 흰 돌 한 개는 얼마나 오래된 것일까? 또한 더 이상 단순할 수가 없다. 겨우 840번의 밀려오는 파도 치기를 받아냈겠는가? '멀리서부터 자신의 내면에게 집요하게 질문하며 통찰력으로 무장하여' 이런 곡 앞의 지시어는 초발심자경문을 읽는듯하다.

도입부도 종결부도 없이 침묵의 언어가 담긴 음악은 시간을 초월한다. 프네우마(Divine Spirit)를 아는 것은 동서

양을 관통한다. '느리게(Lent)' 그러나 '놀라움을 가지고', '절제해서', '확신과 절대적 슬픔을 가지고' 이렇게 지시어는 더욱 특이해진다. '매우 기름지게 혀끝으로' '구멍을 파듯이' '치통을 앓는 나이팅게일처럼' '너무 많이 먹지 말 것' '난 담배가 없네, 다행히 담배를 피우지 않는군' '뻔뻔함' '유쾌한 절망' '바싹 마른 태아' '개를 위한 엉성한 전주곡' 등.

작곡가 다리우스 미요, 시인 콕도, 화가 피카소, 사진작가 만레이는 '예술의 일상성'을 취했다. 사티도 추구했다. 그가 작곡한 '절대적 슬픔'은 먼 곳을 응시하는 것 같은 분위기라고 전한다. 이제 나도 들어도 좋고 안 들어도 좋은 사티의 은자의 음악을 듣는다. 안 듣는다. 일어나서 커피 물을 끓이거나 샤워실로 가거나 먼지를 닦기도 한다. 27년을 방문자 없이 혼자 지낸 사티. 나와 관류하는 '지긋지긋한 고상한 왈츠' 같은 패턴이다. 나는 22년째 혼자 지낸다.

꽃과 구름을 버리지는 못했지만, 저 하찮은 돌 그리고 63년째 가지고 있는 옥돌 원숭이 비례물청(非禮勿廳)의 조형물이다. 불과 약지 두 마디 크기이다. 초등학생 때 소풍 가서 지금 해남 대흥사 입구 가게였다. 용돈으로 먹을 것을 사지 않고 이 완구라기엔 너무 생뚱한 물건을 왜 샀을까? 그리고 수없이 이사를 했어도 언제나 내 모습을 지켜 보고 있는 것이다.

나의 시에 이런 제멋대로 또는 극피주의자 같은 명상 등이 용서받을 수 있다는 긍정의 마음이 든다. 에릭 사티 덕분이다. 그노시엔느를 들으면서 아니 듣는 둥 마는 둥 도다리쑥국을 끓인다. '쥬 뜨 브(Je Te Veux; 그대를 원해)' 를 들으며 사티의 단 한 번의 연애가 얼마나 스윗 했을까 아니었을까 나도 좀 이상한 제목을 붙이고 특이한 부제를 달고 나만의 사유를 펼쳐보고 싶다.

임인년 4월,
지훤당에서
오소후 쓰다

# 차례

5 　책머리에 붙여


## 1. 호머 비아트로

14 　봄 · 밤 · 봄비

15 　산수동

16 　시라의 품바타령

18 　카발라(Cabbala)

20 　수달래꽃으로

21 　책이 된 여자

22 　말은 고산식물이 아니다

24 　금강계(錦江稧)

26 　봄비 그리고 에세닌

28 　선흘곶자왈 동백나무숲길에서 멀꼬깍습지까지

29 　기어이


## 2. 세 개의 짐노페디

32 　은화과(隱花果)

34 　초여름 연가

36  계뇨등을 보며

37  우묵개해안

38  거기, 가란도 향기로워라

39  가시에 대하여

40  의문

41  소댕이나루

42  긴몰개를 보고 싶다

44  기쁜 우리 젊은 날, 날

46  수성리

48  밤바다로 간다

50  쓸쓸한 변주곡

## 3. 아포리아, 막다른 골목

52  흰 돌을 명상하다

54  굴포항, 졸복탕

55  가파도, 가파도

56  4.9㎞

58  55일

59  가정역(柯亭驛)으로 가리

60  숟가락과 숟가락 사이

62  배재에서 산음까지

64  얼하이 연가

66  소금창고

## 4. 애양단, 파리로 가다

68 그리운 아버지께

70 해인초(海人草)

72 정기록(正氣錄)을 읽으며

74 요새 풍류

76 작은 응원 한다

77 운업(芸業)

78 아버지의 집

80 물보라길을 간다

82 눈바다, 죽해

84 가수리 동구

86 그 계곡, 으흐랄라

88 풋늙은 호박 한 덩이

## 5. 아가니페, 정신 뻥나게

90 석등(石燈)

92 나의 향두가(香頭歌)

94 아고산대(亞高山帶)

96 배우는 만들어지는 것이다

98 회유해면(廻遊海面)

100 소쇄원, 환상의 헤테로토피아

105 오, 그건 안 돼

106 워터월드

# 6. 아타락시아

110   우금암도(禹金巖圖)

111   어떤 여행자

112   율동

113   산자고 곁에서 약수를 마시다

114   생이돌에 앉으면

115   아직도 캄캄한 그 자리, 본래면목

116   너와 함께 있었으면 얼마나 좋을까

118   홍어연가

119   설원리 모과

120   절정체험보류기


121   『에릭 사티와 흰 돌을 명상하다』를 읽다

# 1. 호머 비아트로

# 봄 · 밤 · 봄비

꽃이 꽉 다문 입술을 열지 않는다
봄

사람이 그리움을 꿀떡 삼킨다
밤

증오하는 삶을 살고 싶게 한다
봄비

# 산수동

산에 안겨 산이 보이지 않는다
숲에 안겨 물이 보이지 않는다

새처럼 날고 싶다 했는가
산에 안겨 잠들고 깨어나는 사람들
새처럼 노래하고
물고기처럼 유영한다

산수동에서는 산이 보이지 않고
산수동에서는 물이 보이지 않고

일생이란 시간이 산을 넘고
인생이란 일생이 파도를 탄다

산처럼 높고 물처럼 긴 사람들
산수동에 산다

# 시라의 품바타령

오, 자네 왔는가 그렇게 반길까
어절시구 들어간다 저절시구 들어간다
키 높은 대숲이 품바 타령 하는 김시라의 생가 입구에서

'대관(大觀)'이라는 돌비가 이마를 친다

쓸어내리는 가슴을 진정하며 아무도 없는 뜰을 거닌다
인어걸이 완자걸이로 노래하던 시라의 뜨거운 음성
핏빛 동백꽃처럼 떨어져 눕고 오래된 매화꽃 눈뜬다

저 너른 들판을 보며 품바를 익혔으랴
집 앞에 또랑 겨울 풋풋한 미나리를 보며 타령했으랴
지금 나처럼 돈 되는 일과 무관히 거지처럼 떠도는 영혼이랴

하느님처럼 사람을 사랑하는 일
부처님처럼 사람을 자비롭게 보는 일
품바타령으로 가진 자를 땅거지로 고발한 일

테멘 극단이 4300회 무대로 20년 동안
100만 이상 관객을 말뚝이 소극장에 모은 일
일로(一老) 들판을 지나는 봄바람은 안다

시라의 매운 소리 홑흰매화로 피는 경칩 무렵
마음을 멀리 들어 크게 보는 바람 부는 날
아직 저 넓은 들판에서는 개 짖는 소리가 들려올 뿐이다

# 카발라(Cabbala)
## —전래 된 지혜와 믿음[히브리어]

오늘 빌딩 숲에 부푼 달이 내려다본다

먼로 바람처럼 스커트를 말아 쥐고
빨간 플라스틱 의자를 들고 나타난 바람,
그 남자

호흡을 즐기며 노래를 한다
'얼어붙은 달그림자
호수 위에 차고'

그와 나 사이
남자와 여자 사이
지구와 달이 가장 가까워진 근지점
때문에 오싹 한기가 든다

파랑주의보가 뜨다
오늘 밤 아무래도 저 부푼 달이 수상하다

나, 여자가 태어난 1948년 이후
68년 만에 가장 큰 슈퍼문이 뜬다고

미국 워싱턴 국회의사당 뒤로 슈퍼문이
파리 에펠탑 위에도 붉은 슈퍼문이 떠있다고

오늘 거리주점에서 그 남자 노래를 한다
오선지 악보에 매달린 빗방울이 떨어진다

나, 여자의 해수면이 높아진다
물이랑도 없이 스며들다 빠져나간다
아니 물너울 치며 파랑주의보를 넘어간다

들이쉬고 내쉬는 숨이 나의 가슴에 물금을 긋고
어디서 사향노루 한 마리 어두운 숲을 뚫고 간다
그 사랑, 파랑주의보가 뜬다

오늘 참 많이 그 남자는 노래를 하고 또 했다
워 워 워 워 워

## 수달래꽃으로

풀무치 한 마리 버스에 실려 산을 돈다
산 누운 자리 다시 산 일어서고
산 이어 달리는 산을 둘러간다
나제통문

수달래꽃이 구천동 물길을 떠난다
파회를 지나 수심대
거기 일지 대사 그림자도 흔들린다
선사의 지팡이 돌 속에 뿌리를 내린다

신화의 시간이 갈마든다
물 등에 업혀 가는 수달래꽃잎의 유정함이여
물의 마음을 알게 하소서
그 깊은 바다빛 고독이 시작되는 이 깊은 산 속

# 책이 된 여자

널 끌어안고 뒹군 만큼 남자 아니 좋아했다
사흘마다 두들겨 맞아야 된다는 여자로 치면
결국 소박맞기 따악 맞아떨어지나

다섯 수레 책 읽으면 부귀영화 누린다는
남아의 세상 아닌 요즈음 여자들,
너 끌어안고 잠든 경험 많을수록
아예 맞을 일거리 장만도 아니한다

호화장정의 책으로 유리창 달린 서가에
꽂혔다고 한들 눈요기가 아닌
읽을거리로 손에 잡혔을 때 침 퉤퉤 묻힌
손가락으로 헤집어 넘기지 말라는 법은 없는 일

책이 된 여자야,
서가에서 걸어 나와 가을 길
늦꽃으로라도 흔들려라
가을 사내 하나 호릴 향기를 뿜어내며

# 말은 고산식물이 아니다

별떨기 아름다운 밤
우리의 한 백년도 저 별빛스러지듯
그리 가고 지워지고 말지라도
깊은 산 높은 태백을 찾아 나서니
닭울음 개 짖는 소리마저 미치지 않는다

살아 천년 죽어 천년
허허롭게 서 있는 주목나무
그 허무 뚫고 일어서는 생기여
백두대간 끝끝으로 달리는 하늘이여
지난밤 캄캄한 어둠을 살라 먹고
동터오는 동녘 바닷물 들끓는다

그 시원이 똬리 틀고 있는 배검의 제단
그 위에 놓인 맑은 흰 쌀은 깨쳤느니
그 위에 놓인 맑은 흰 쌀은 깨쳤느니
하늘과 땅의 묘용을 일러줄 수 없어

그 쌀밥 먹고 하늘 글 쓰는 백문도인
흰 수염 날리는 볼이 고운 태백산인
말은 고산에서는 아니 자란다
시는 마을 사람의 것이라 이른다

## 금강계(錦江稧)

한오백년 살자 했던가
동백꽃나무 한 그루 심고
11명이 모여서 금강 물결 바라보며
눈 속에서도 붉게 활짝 피자고 했던가

자유와 이상과 꿈을 위해서
잔을 채우고 들고 부딪쳤든가
예부터 마힐이 망천집을 쓸 때도
속마음은 다름 아니고

천년을 지나도 저 강물결은 꽃잎을
업어 나르는 유정함이여
끝내는 죽고 마는 일의 무정함으로
툭 툭 동백꽃이 통째로 땅에 내려선다

한오백년이 지났다고 한다
아직도 피어야 할 꽃봉오리들 가지에 매단채
잠들지 못한 봄바람에 그네를 탄다

우리가 꿈꾸는 거기도 동백꽃이 피리라
너와 나 피고 지는 때가 다르다 해도
우리가 꿈꾸는 거기도 강물이 흐르리라
너와 나 고요하고 시끄러움이 다르다 해도

갈구하는 자유와 생명 의지
꿈꾸는 영원이랑 함께
금사정 동백꽃 향기도 금강물 따라 흘러가리라

# 봄비 그리고 에세닌

은사시나무가 더욱 흰 가지를 높이 흔든다
곧 푸른 잎들이 총총총 매달리겠다
살아서 더욱 흰 나뭇가지를 향해 산길을 오른다

나의 봄, 나 혼자도 너무 많은 걸 길러온 산
제비꽃 피고 진달래가 꽃 필 것이고
서어나무나 산벚은 아직 바람만 안고 있다

긴 돌계단을 천천히 오른다
잠깐 흰 나뭇가지가 보이질 않는다
108개의 돌계단을 다 오르면 보일 것이다

세르게이 에세닌의 시가 굴러내려온다
황금빛 머리에 초승달 같은 눈빛
버드나무 허벅지에서 두 손을 모으는 시인

죽는다는 일이 새삼스러운 일이 아니라고
하지만 산다는 것
역시 새삼스런 일이 아니라고
지난겨울 폭설에 쓰러진 나무가 에세닌의 시를 읊는다

빛 부신 숲속 은사시나무의 흰 살결을 어루만지려고
호호 숨을 자주 쉬며 돌계단을 오른다
한 줄 두 줄 봄비가 내려오기 시작한다

# 선흘곶자왈 동백나무숲길에서
# 멀꼬깍습지까지

언젠가는 산만한 바윗돌이 부지고 부서져서 자갈이 되고 내 발밑에 깔리는 작은 모래들이 되었으리라 화산석이 깔린 산길을 걸으며 거기 그 돌무더기를 껴안으며 살아온 동백나무 종가시나무 사스피레나무 등을 바라보며 돌길 흙길을 걷는다 붉은 열매를 달고 서 있는 산호수 자금우 백량금 먼나무를 지난다 저 숲이 지닌 의미는 '견뎌냄'일까

저 산길 끝 멀꼬깍 거기 습지가 있다 멸종위기의 수생식물과 곤충들이 서식하고 있는 물웅덩이, 화산석도 이 물만은 다 버리지 못했나 보다 순채 올방개 고마리 식물 이름도 특별한 람사르 습지, 돌이 물을 담은 호수석이 되어 한 그릇 하늘을 담고 있다 비바리뱀은 지금 어디 풀섶에서 쉬고 있을까

그 먼 시간을 흘러 내가 사람이 되고 또 내가 흙길이 되고 또 내가 다시 올방개가 되고 또 내가 한라수국이 되어 피었다가 지고 또 내가 스스스 숲길을 기는 꽃뱀이 되고 또 내가 복전함에 쓰윽 밀려 들어가는 지폐가 되고 그러나 나는 오로지 한 송이 붉은 동백꽃으로 오래도록 그대의 사랑이 되고 싶을 뿐이다

# 기어이

상사화 일렁이는 붉은 꽃바다
마루 끝까지 차올라
달밤 소복 여인의 편두치 질끈 묶는
꽃댕기로 화사 한 마리 기어오르니
어이 할까나
지난봄 상사초밭에서 당속곳 내리고
소매 주던 일
그때 뜨건 소매밭에서 놀라
푸른 물결치며 달아나든 뭣……
어이 잊었으랴
상사화 일렁이는 붉은 꽃바다 건너와
요요한 달빛 타고 와
소복 여인 입술 질끈 물어뜯을 양으로
기어오르는 뜻이니

# 2. 세 개의 짐노페디

# 은화과(隱花果)

하늘에서 내린 열매인 줄 몰랐다
한 알
화낭의 문이 열릴 때
날아오른 암벌
수화낭을 찾을 줄 모른다

달큼하다
천선과좀벌이 알을 산란한 걸까
어쩌다 수화낭을 만난걸까
마음이 복잡하다
지금
자줏빛 열매, 사랑의 방을 씹는다

끝내는 썩어 떨어지는 열매
산란도 부화도 끝난 2년 차 열매
그래서 일 년에 한 알만 먹으라 했을까

암수꽃 구분 못 하는 암벌의 벌이여
이 오묘한 섭리 덕분에
오늘 나는
애도에 와서 천선과를 맛본다

은화과

보이지 않는 꽃 속에 산란하여 후손을 보는

암수꽃도 구별 못 해도 산란관을 꽂아

가루받이를 하는 천선과좀벌이여


그 은밀하게 오래된 숲속에서

한 알

하늘에서 내린 열매, 젖꼭지를 빨아본다

# 초여름 연가

강굽이에 나란히 서서 흰구름을 본다
너의 어깨를 나의 어깨가 스칠 때

우리의 심장은 작은 북소리를 냈다

마치 미루나무 잎새들이 팔랑거리듯이
마치 강물이 물결을 잇따라 밀어가듯이

초여름의 강은 유리만큼 긴장했다

그 북소리의 그늘에 꽃불이 지펴지고
너의 고독한 노래는 잎가시를 내밀고

다시 사랑은 시작되었다

태양은 점점 뜨거워질 것이고
지상의 연애는 점점 활짝 꽃필 것이고

우리 사랑은 푸른 숲을 이룰 것이다

우리가 입맞춤한 별빛이 바다에 떠오르고
우리가 껴안은 바람이 우주를 떠돌 때

누구라도 이 강굽이에 나란히 서보라

하늘과 땅 산과 강 서로의 허리를 껴안고
흰 구름을 보며 사랑의 눈빛을 나누지 않으리

# 계뇨등을 보며

햇살이 돌담에 걸쳐진 오후
긴 골목길
끝집
담 넘어 내다보다 눈 마주치는
저 작은 꽃
닭똥 내음 난다고
이름이야 계뇨등
아낀다, 마구 꽃피우는 일조차
뿌리발 튼실해야 이렇게
담 넘어 골목길
다른 세상도 구경한다고
환상의 꽃웃음 짓는
저 작은 꽃의 지혜
냄새 좀 나면 어떠냐
꽃피울 수 있다면

## 우묵개해안

거기가 궁금하다
오르면서 보고 내려오면서 본다
정말 바다가 먼저 취해서
죽일 놈의 고독은 취하지 않는걸까
늘 거기가 궁금하다
얼마나 오래 그토록 밀어붙였으면
우묵하게 밀렸는지
제일 먼저 햇볕을 만났고
제일 나중까지 바람을 안고
반짝거리고 출렁이고 그랬을
우묵개해안 그 절대 그리움
더 이상 궁금해하지 말자
오늘은 보름달이 찾아온다고 했으니
우묵개여
훨훨훨 습습한 몸을 말리고
달의 계수나무로 날아오르라
그 황홀한 향기에 안기라

# 거기, 가란도* 향기로워라

아침 이슬을 밟고 갈까 구름 모자를 쓰고 갈까
솔등에 올라 바위에 앉아 바다를 본다 오래 본다
눈이 밝아오고 평생 바다를 바라본 바위의 심지가
켜진다 마을에는 꽃이 졌다고 슬퍼하는 이도 없다

적적하게 저물어가는 돌캐노두길 따라가다 모실길은
긴 긴 용굴을 보여주고 짝짓기 나무 아래 세워본다
아, 우리의 사랑은 저렇게 들꽃처럼 지고 켜켜이
주상절리로 사랑의 노래를 쌓아두었단 말인가

오늘은 향기로워라 가란도의 파도소리를 듣는다
마을마다 떠도는 훈훈한 이야기 숲 속의 새소리
먼데 까치섬까지 눈길을 보내면 바다는 받아적는다
감미롭던 그대 입술과 심장은 해와 함께 저문다

밤하늘을 올려다보는 일이 얼마나 오랜만의 일인가
별들은 저마다 빛나고 어디선가 또 별꽃이 핀다
아름다운 그대, 향기로운 그대 음성이 들려온다
별은 빛나건만 달콤한 그대의 음성은 점점 멀어지고

*가란도: 전라남도 신안군 압해읍 가란리 소재 섬

38

# 가시에 대하여

섬매발톱나무를 본다
정작 매의 발톱을 자세히 본 적이 없다
다만 가시가 사나울 것이라는 느낌이 꽂힌다

너의 말가시는 경침인가 보다
줄기가 변해서 된 가시는 쉽게 분리되지 않는다
무너지게 가슴을 파고드는 통증

어찌 가시가 돋친 말을 주고 받아야 하는가
그것도 선인장 가시쯤 아니 아카시 가시쯤
그렇다면 나의 슬픈 노래 한 곡으로 무디어질 텐데

사랑아, 너의 말 가시는 섬매발톱나무 가시
조롱조롱 예쁜 꽃이 달린 겨드랑이에 돋은 가시
너를 껴안아 내 가슴이 피로 물든다

다만 나의 심장을 깨트리지 말기를
가시관을 쓴 사람에게 두 손을 모아 빈다
우리 사랑하게 하소서

# 의문

무슨 힘으로 꽃잎을 열어 보이는가
저 등불, 수련꽃
태양을 만나려는 갈망이었을까
무슨 힘으로 꽃잎을 접고 잠기는가
저 봉긋한 젖꼭지, 꽃대롱
물속에 두고 온 어미를 사칭하는가
저 수련꽃 한 송이
지극히 바라보았는데
할, 꽃이 피고 지는 그 경지
이치가 거기 있다

# 소댕이나루

달이 뜨면 그대여
이 소댕이나루 둔치로 오세요
한 솥 가득 너울거리는 강물
바람은 꽃내음을 몰고 지나가고
구수나무꽃이 앞머리 결을 재끼며
우리의 얘기를 엿듣는 강둑
어디선가 벌레울음이 찌르르르
달이 뜨면 그대여
우리 손을 꼭 잡고
희여 번쩍 물고기 튀는 강물을 보며
함께 노래를 불러 봅시다
강 건너 월출산에 달이 뜬다아

# 긴몰개를 보고 싶다

침실습지에서 산다
눈 맑은 한국 고유 어종

물이 느리게 흐르는 하천에서
수초들 사이를 헤적이는 긴몰개

편안한 잠자리
침실

지금 느린 사랑을 안고
촉촉한 수초 사이 긴몰개

모래알에 입질을 하다가
거기 수초에 사랑을 던지면

조용히 부서지는 내 울음
긴몰개의 살에는 음악이 산다

아직 노을이 지지 않지만
버들은 푸르러 간다

편안한 잠자리

침실, 거기 촉촉한 습지에 바람마저 잔다

# 기쁜 우리 젊은 날, 날

도가도 비상도
道可道 非常道

우리는 이미 알고 있었어 사랑만으로 해결할 수 없는걸
봄꽃이 피는 걸 가을꽃이 지는 걸 이미 알고 있었어

기뻐 날뛸 수만은 없다는 걸
오직 인도가 가도가 된다는 걸

바람의 노래는 벗은 옷을 휘날리며 곡조를 높이고
달빛의 탄식은 호수 물이랑을 누비며 울부짖고

우리는 함께 같이 있었어, 또 함께 같이 있어 지금

현지우현
玄之又玄

현묘하고도 현묘하구나

우리는 이미 들락이고 있었어
이 묘하고도 묘한 문으로 이미 들락거리고 있었어

기쁜 우리 젊은 날 날들은 화살나무 잎들로 피고
자작나무로 서고 산돌배꽃을 희게 피웠었지

기쁜 우리 젊은 날 날들은 꿩의 바람꽃처럼 날리고
마타리 노오란 꽃대로 흔들리다가 메발톱을 세웠지

광주광역시 기념물 26호 전남여고 본관 붉은 벽돌 건물
길 건너 맞은 편 광주폴리 서원등 계단에서 만난다

도가도 비상도
道可道 非常道

# 수성리

물이 성을 이룬다
몸주머니에 담긴 물 호수에 담긴 물
봄꽃이 강물에 진다
달이 지고 꿈도 지고 사랑도 진다

물에 뿌리를 담근 나무들
좋을까 담겨서 좋을까
성이 차도록 물을 채우고 싶다

강물을 가르며 배를 조정하는 이들
나의 피를 역류하는 조정 행위
이 봄 알싸한 풋마늘 내음이 난다

망점산성에서 하산하는 벚꽃이파리
수변로 23포인트의 물울음 쫘르르
한 번도 빛을 보지 못한 소리 꼬로록

저녁이 물안개 속을 파고든다
구름도 돌이 되어 물속에 가라앉는다
수성리에서는 죽은 사랑이 다시 핀다

호수 저편 마을 복사꽃의 붉은 얼룩

바람에 실려 오는 도화꽃내음

수성리에서는 헤어진 사랑이 손을 내민다

# 밤바다로 간다

등대를 향해 걷는 일은 무얼 상징하는가
여민 옷깃을 쥐어뜯는 해풍을 헤치며 걷는 일
이마저 기도라 이름할 수 있는가

더 이상 나아갈 수 없이 끝나버린 길 끝에서
출렁이는 바다 소리에 섞인 내울음을 듣는다

차라리 몸 구석구석 분란을 일으키던 태풍은
참을 만하기로 새벽마다 생생히 살아나던
그대 언약도 잊으려면 잊겠지만

캄캄한 어둠에 익숙해지며
우리의 항해 겨우 등대 불빛을 찾아
자랑스러운데……

꽃진 자리도 마냥 섭섭하기로
사람 떠난 자리 그 막막한 밤바다
아름답기로, 순결하기로야 이런 슬픔을 덮을 일 없으리

어디 그 아름다운 나라 가는 길로
정녕 불 밝혀 인도해 줄 한 촉 하이얀 등대라도
서 있을 것인가

다시 바람에 떠밀려 등대를 향해 걷는다
제 이름자 등피에 새긴 후 더욱 절명한 고독에
치 떨었을 사람들의 별자리를 바라본다
어느 별자리가 내게 줄 비탄의 노래를 마련했을까

설령 차고 슬픈 밤바다라 할지라도
몸과 마음 오온의 빈 주머니 버리고 간
그대를 위해 반짝반짝 따뜻한 눈빛
건네일 수 있는 하이얀 등대로 서 있고 싶어
오늘도 나는 밤바다로 간다

# 쓸쓸한 변주곡

세상에
조금 쓸쓸하게 살아야만 하는 운명도
있는 걸까

뭔가 좀 신명 난 후 죄 지은 듯 돌장승이 된다
뭔가 좀 설레고 나면 금새 장대비 맞은 꼴이 된다

세상에
조금 쓸쓸하고 조금 슬프고 그래야만
비로소 제자리라면 내 영혼은 어디서 온 것일까

슬프고도 쓸쓸한 신앙의 나라라도 있었단
말인가

설레는 날은 칼날 밟는 듯
신이 난 날은 빙판길 운전하듯

사랑 아니면 혁명일까
미친듯 타오르는 가을 단풍이 되어 볼까

# 3. 아포리아, 막다른 골목

# 흰 돌을 명상하다

며칠 전 서까래가 훤히 보이는 옛 한옥 카페에 앉아 흰 돌을 오래 응시하고 느꼈다 왜 옛사람들이 수석을 애착하는지 그리고 노래하는지 비로소 흰 돌 한 개가 내 속마음을 겨냥한다

한때 매화꽃이 환장하게 좋았다 더구나 금둔사 납월매의 향기를 듣는 시간 어디 비할 일이 있던가 매처를 둔 임포 따라잡기 하며 지낼까

한때 소나무가 제일이다 싶었다 추사 세한도에 소나무와 잣나무만 보면 한겨울 지나 봄이 오듯 했다 장무상망할 벗 하나 간구하며

한때 난향 때문에 잠 못 들었다 운남대설소 그 향기를 온몸에 휘감았다 마릴린 먼로의 옷이 샤넬 N°5라면 나는 대설소 난향을 입고 잠들곤 했다

몇 해 전부터 물 앞에서 경건해진다 노자의 가르침처럼 가장 아름다운 삶이 물처럼 사는 일이라는 걸 소쇄원 오곡문 앞에서 알아 가는 중이다

이제 비로소 후학의 근본이 갖추어지는 것인가 황금을 보기는 돌같이 하라던 장군의 노래마저도 희미한 옛사랑이다 백석이 '나 취했노라' 노래하는 메타버스 장면도 펼쳐진다

날 좋은 오후 작은 흰 돌을 보면서 내 심사에 희고 밝은 작은 동그란 돌 그런 내공이 만져진다 내 영혼은 갈매기 울음소리 내려앉는 송이도 해안 흰몽돌해변으로 내닫는다

# 굴포항, 졸복탕

누군들 해안도로를 걸으며 숲내음을 읽으며
바다를 맛보고 싶지 않겠는가
오늘은 신이 내린 축복의 시간
보배섬 국립 진도자연휴양림 미르길 구간 4를 걷는다
오늘 바닷바람은 평화롭고 숲길 미르길 따라 랄랄라
섬섬섬이 엎드렸다 출렁 일어섰다 발걸음마다 선경이다
황칠잎 네 갈래 사이로 다시 섬들이 숨고 동백꽃이 수줍다
굴포항 졸복탕 식당 앞 생선이 말라가고
중국 강동성 장 한이 고향 농어회가 그리워
벼슬을 버린 이야기를 하며 쫄복탕을 먹으러 달려온 사람들
쫄았어 쫄았다구 쫄복탕 먹는 내내 큰 웃음이 들린다
초록빛 세우리가 한 소큼 얹힌 쫄복탕이
쫄았던 마음을 호연지기로 전환시킨다
그래, 바다와 하늘이 맞닿은 길 걸으면
두 발로 걷는 영장이라는 자존감이 회복된다
코로나 오늘도 위중증이 위협해도 힐링숲길이 있다
거기 충무공 이순신의 리더쉽 남도석성의 쌍운교
삼별초의 배중손 운림산방의 소치 이윽고 여귀산에서
아리아리아리랑 쓰리쓰리랑 우리가 여기 왔다
그냥 갈 수가 있나 노래 부르고 춤추며 놀다나 가세
가인의 노래 장단 맞추며 세방낙조 그대 얼굴 노을 보러 간다

# 가파도, 가파도

왜 멀리 있는 것은 그리운가
내게서 섬을 지나
또 바다를 건너 가파도

너는 거기쯤 있다

봄에는 청보리밭 노랑나비로
가을에는 키 작은 코스모스로
아, 흰 구름으로 등성이를 넘는 너

너는 여럿으로 현신한다

소슬한 해풍이 빈 가슴을 훑는다
돌담 위 빈 소라껍데기가 휭 휘잉 운다
밭두렁에 불발된 송이석 한 개

너는 고요한 풍경이 된다

왜 그리운 것은 멀리 있는가
다시 헐렁한 가방을 메고 떠난다
큰 섬을 지나 또 작은 섬으로

# 4.9km*

개머루 열매가 어여쁜 보석처럼 모여 있는 석벽, 그 위 황
토등성에 소나무가 서 있고 불룩하게 부푼 주머니 작은
초옥, 사람은 길을 나섰다 아홉 그루 소나무의 의미를 찾
는 일은 무의미한가

시오름을 오르려는 건가 아니 백약이 오름의 굼부리 초원
을 보러 나선 건가 가끔 석송이 연둣빛 촉을 내밀어 인사
나누는 암벽 아래 조랑말은 네 다리로 땅을 딛고 확 고개
돌려 그리움 끝을 바라보고

길은 끝에 있고 길 너머 꿈이 피어오르는 수평선 거기까
지는 난무의 폭풍 바다가 기다리고 이대로 가는 그 사람
이 아슴푸레 흰 길 위에 발을 내딛고 지팡이도 앞장서고
눈빛은 황갈색 우주와 교감한다

등심붓꽃이 아련하게 핀 들판 길에 점 하나를 그려 넣고
풍랑 치는 절리, 거기 핀 흰그늘용담꽃 속으로 사라진다
면 유토피아가 있다는 걸까 돛을 단 배는 실 같은 수평선
아래서 흔들리고 '이대로 가는 길'**은 모두의 길

바람을 모르는 사람이 제주에 산다 화석길을 걷는다 화산
탄 곁에 핀 바위수국과 눈 맞춘다 어느새 벌과 나비를 만
난 꽃잎은 뒤집어져 있고 정방폭포 소리를 가두는 소라의
귀가 되어 조금 더 더 걸으면 나의 길이 끝나는 건가 아,
믿을 수 없어라 산다는 일을


* 4.9㎞: 작가의 산책길 길이
** 이대로 가는 길: 변시주 화백의 그림, 미국 스미소니언 박물관 전
시작품

# 55일

그동안 나는 무얼 했을까

순막의 눈으로
눈보라 치는 남극 바다

퀸 펭귄알이 어미 애비 발등에서
부화하는 기간

그동안 나는 무얼 했는가

뭍에서는 눈밖에 없어
눈만 먹고 사는 펭귄

누군가 읽지도 않을 시를 쓴다

따뜻하고 바람 좋은 날
그냥 감사하다

# 가정역(柯亭驛)으로 가리

이젠 사랑을 구하지 않아야 한다고
고백을 해볼까
흰 구름이 가을 강물 위에 떠도는 어디 그곳
기차를 타고 가서
흰 물새가 물끄러미 바라보는 침곡을 지나
우수수 떨어지는 나무이파리
차창을 스치면
기적소리는 불타던 청춘을 불러 일으키려나
이젠 사랑을 구하지 않아야 한다고
그래도 꿈꾸어 볼까
가정역, 거기
나뭇가지 끝 끝에 앉은 역사(驛舍)에 내리면
고백을 할까
마주 보는 골짜기가 맞받아치는 소리
그곳이라면 더더욱 좋지 않을까
이젠 사랑을 구하지 않아야 한다고
가정역, 거기
흰 구름이 가을 강물 위에 떠도는 어디 그곳

# 숟가락과 숟가락 사이

일중이면 한 번 든 수저로 한 끼
식사를 끝마치는 수련을 한다
쉼이 용서되지 않는

수저질을 배운 뒤
한 끼쯤 그 짓을 거르면
말도 많고 까닭도 많고 안타까운 천혜의 습관

숟가락과 숟가락 사이를 오가는 길에서
노래 부르고 사랑도 잃고
우리들의 밥알이 꼿꼿이 선 채 쏘다니는
위장은 늘 반동의 주체이다
살기 싫으면 그 짓 그만두라는
무언의 사형 언도 받은 채

무슨 사랑 같은 걸 늘 갈망하며
서성이며 때가 되면 으레
습관적으로 드는 숟가락에 둥그스름하게
쌓인 밥 바아밥 그것만이

언어 이전의 진실이거나
언어도단의 기찬 자리쯤 아니겠는가 싶어
눈물 나는 숟가락질
나 아직 그만 두지 못한다

# 배재에서 산음까지

배꽃이 희커게 화악 피었다
이치재에서는 충장사, 호익장군을 경배했다
그리고 불굴의 정신을 되새기며 걸었다

무돌길 원효계곡길을 밟는다
역사는 과거만 아니고 현재이다 미래이다
바람 햇살 계곡물 바위는 동지이다

꽃길을 택하지 않은 건 잘한 일이다
새소리 들으며 진달래꽃잎을 딴다
화전을 부칠 생각이다

여기는 의병길이다 잠시라도 묵념을 한다
쑥을 뜯는다 질긴 뿌리에서 의를 만난다
산그늘에 앉아 쑥을 뜯으며 민초들의 호흡을 듣는다

이 봄 무돌길을 걸으며 나를 떠받드는 어떤 기운을 느낀다
거칠었다가 따뜻했다가 고마운 그런 기운
영생의 프리나야마

쑥뿌리 내리는 나의 가슴이 쓰라리다
아직 사람이 되지 못했다는 암곰 한 마리가
뭉기적이며 걷고 있기 때문이다

# 얼하이 연가
−정율성 오페라 '망부운'을 보고


　물속에 잠겨 있어도 알 수 있습니다 애써 물결이 고요
하려 해도 바람이 노래를 부릅니다 나는 왕궁의 구름공주
그대를 그리워하다 오늘 밤은 달을 따라 왔습니다 나의
바이휘 남자여 바람이여


　거센 파도가 일렁입니다 그대는 비취빛 깊은 호수 바닥
에 잠긴 저주받은 돌노새, 추위에 떠는 아봉(阿凤) 공주를
위해 파도는 물결을 말고 또 말고 마치 칠보 가사처럼 나
의 그리움 꼭꼭 싸서 돌노새가 된 그대 아룽(阿龙)


　저 바람은 창산 설원을 내달려왔습니다 나의 머리의 꽃
모자와 그대가 잘라준 모자의 흰 술은 달랑거립니다 나는
그대의 꽃, 보세요 나의 모자에는 동백꽃이 '오로지 그대
에게 내 사랑'을 고백합니다


　나의 사랑 나의 사랑 나의 사랑 얼하이의 달 그대를 보
러왔습니다 옥대운유로(玉带云游路)를 따라와서 이렇게 그
대를 바라보는 매년 겨울과 봄이면 구름 여인의 형상으로
얼하이의 물 위를 걷습니다

오늘은 배를 띄우지 마십시요 내가 망부운이 되어 얼하이 호수를 걸으면 내 그리움은 질풍노도가 되어 거칠고 무서운 풍랑으로 바뀐 답니다 이 아름다운 풍경에서 오늘은 나의 연인과 만날 수 있도록 오늘은 배를 띄우지 마십시오 오, 그리운 이, 아랑 다시 돌아오소서

나의 바이훠 남자여 바람이여 돌이 된 사내여 귀를 기울여 들어 보십시요 그대를 얼하이 호수에서 건져 올리려고 미친 듯 돌풍이 불고 파랑이는 노래를 부릅니다 오, 그리운 이, 아봉의 노래를 들으소서

얼하이 호수만큼 깊고 창산만큼 청정한 공주의 사랑은 정율성의 오페라로 세계무대에 올려졌으니 아, 율성의 오선지에서 만난 아랑과 아봉의 지고한 사랑 산을 넘고 강물을 건너 어디서든지 피어나소서 오래도록 양림에서 세계로 울려퍼지소서

# 소금창고

이제 알듯도 해라 어머니의 가슴에 집을 짓고 있었을 소금창고 스무 채인가 서른 채인가 태평염전 소금밭에서 써레질하던 손길 멈추고 하늘을 본다

자식들 간 맞추어 밥 먹인 일이 지상의 어미들의 천직이다 날개가 3.5m라는 남극의 앨버트로스는 무려 2만㎞를 날아 먹이를 공수한다 어미라는 거룩한 호칭 앞에 하늘과 땅은 말이 없다

어머니 쓰라린 가슴 밭에 절정으로 빛나는 서러움 덩이 암염이 되어 분홍빛 젖무덤에 죽음 꽃이 피고 있는 줄을 몰랐다 부모은중경을 독송하며 나도 어미 된 지 오래건만 이제사 어미는 소금창고를 몇 채나 지어야 자식을 키우는지 어림짐작한다

이제 알 듯도 하다 어머니 놀라 넘어지면서 부르는 그 외마디, 엄마 내 어머니 임종이 가까울 적 외할머니 보고 싶다 그 말씀 이제 알 듯도 하다

# 4. 애양단, 파리로 가다

# 그리운 아버지께

무적섬 돌아가는 언덕 아래
윤동주시비가 서거나 앉아서 흰 그림자 흐르는 거리
또 다른 고향이 나를 쳐다봅니다
윤동주 쉼터가 바다 쪽으로 반달형으로 놓여 있고
'세상 밖으로' 이렇게 연출되었습니다

별 헤는 밤을 낭송하며 별 하나에 시 별 하나에 어머니

영문도 모르고 영문과를 졸업하고 영문도 모르고 결혼하고
영문도 모르고 아이 낳고 별빛 우러르고 서시를 읊조리며
아, 기어코 결혼생활을 잘 해내리라고

참 기이한 인연입니다
윤동주 시 원고가 감추어졌던 정병욱 교수 집 마루에 앉아
마치 할머니집 마루에서 망덕산을 바라보던 어린 시절
그때는 이렇게 시인이 될 줄 어떻게 짐작이나 했겠습니까

1948년 제가 태어난 해
동주의 '해와 바람과 별과 시'가 발행되고
제가 신춘문예에 당선된 해 미당께서 귀천하시고

싸락싸락 가슴이 미어져 옵니다 아버지
동백꽃이 붉게 핀 망덕포구 정병욱 교수 집 마루에 앉아
이 시대의 말석 자리에 앉은 시인으로 그냥 감사합니다

꽃 하나에 아버지 꽃 하나에 아버지 꽃 하나에 아버지

# 해인초(海人草)

우뭇가사리를 보면 손윗동서가 생각난다 신혼 때 우수영 바닷가를 나갔다 소의 풀처럼 가는 털 모양의 우뭇가사리 무조건 뜯어 담아와서 내놓자 장작불을 피우고 가마솥에 푹푹 끓여서 식히더니 우무를 만들어 보여주었다 새동서 맛보인다고 뭔가 몹시 정성스럽고 애썼다는 느낌 가득한

내심 놀랐는데 친정어머니가 여름이면 콩국에 잔 채로 썰어 오이채도 조금 얹고 해서 마시면 시원해서 좋았던 기억이 따라 나왔다 정조도 우무냉국을 즐겨 마셨다니 구충제 역할까지 한 일은 알지 못했어도 다른 궁금한 것이 있었다

아버지가 한옥을 지으면서 석회 끓일 때 해초를 섞어 끓여서 어린 나이에 흰 벽은 우리 사람처럼 바다풀을 먹나보다 생각했다 알고 보니 그 흰 벽은 선비들의 집 상징이다 머리가 맑고 생각이 깊어진다는 말을 듣고 참으로 집이나 사람 몸이나 생각이나 바다를 떠날 수가 없구나 또 생각했다

아이들이 그 집에 놀러만 가면 갱을 간식으로 준다고
영양갱은 사 먹는 것이 아니라고 우긴다 그 집 아이가 어
린 나이에 간경화를 앓아 그 어머니가 감쪽같이 간식을
아이에게 먹이고 친구들도 즐기라고 갱을 준비했다고 한
다 정말 바다는 말없이 한낱 우뭇가사리로 사람을 살피
고 있었다

# 정기록(正氣錄)을 읽으며

더듬거리며 한 자 한 자 짚어간다 익히 듣고 익힌 제봉 고경명의 마상격문(馬上檄文)을 또 다른 마음으로 읽어간다

'나 고경명은 진실 된 마음의 노인이며 백발 부유(腐儒)로서, 한밤중에 닭소리를 듣고 많은 고난을 견딜 수 없어 중류의 노를 쳐서 외로운 충성을 스스로 다짐하였다 이는 한갓 견마가 주인을 그리워하는 정성을 품었을 뿐이요, 모기가 태산을 짊어지는 미약한 힘을 헤아리지 않는 것이다.'

'큰 근심은 앞길을 열어 주는 것이니 노래하며 더욱 한 나라를 생각하는 도다. 호걸들이 세상을 바로 잡는 것이니 산정에서 눈물을 지을 까닭이 없다고.'

옳은 마음으로 의를 실행하는 결의를 읽는다 가슴이 뛰고 설렌다 오로지 임금이 다시 성 안에 돌아오시길 기원하며 1592년 7월 금산전투에 전라도 의병장은 몸을 던진다 그의 아들 인후, 임피공 종후도 뜻을 함께 한다 봉이와 귀인도 충노비를 보면 알 수 있다

삼신위불천위(三神位不遷位)를 모신 포충사를 찾아 절로
마음을 경건히 한다

아직 나에게도 분연히 분노할 수 있는 옳음에 대한 뜻이
있는 것인가 그냥 하루 하루를 떼어 쓰는 휴지 조각으로
보내는 노인은 아닌가 충이요 효가 어찌 나뉠 수 있는가

일문충효만고강상(一門忠孝萬古綱常) 춘암 이강의 글처럼
나라 사랑하는 마음은 저 산이나 강처럼 절로 있어 '제 힘
이 미치는 데까지 오직 의로 돌아가서' 오늘도 촛불은 제
몸을 태우고 있다

# 요새 풍류

바람이 불어 내리는 높은 산골을 찾으면 왠지 고독해진다
동시에 어디 밝은 곳이 없나 휘돌아 보게 된다
그 밝음을 찾아 쫓아가 즐기는 기질이
좀 많은 사람을 풍류객이라 하나
아함경에서 사슴처럼 풍류를 즐기라 했는데

산에서 만나는 고독과 악수하며 그대로 산이 된들 어떠리
고독한 영혼의 남자는 모든 걸 걸고 사랑한 후 모든 걸 잃어도
그러니까 사랑이라고 노래하는
킬리만자로의 표범 같은 남자의 독백을 들으며
과연 요즈음 그런 사랑을 하는 사람을 만날 수 있을까

솔숲 바위 곁에 함초롬 피어있는 난초꽃을 사랑한다며
손가락으로 가르치면 그래, 그 향기까지 사랑한다고 대답하면
사랑은 오케이 통과하며 입맞춤으로 도통을 이어갈텐데
꽃을 가리키는 손목이나 잡아보고 싶어 하면
사슴처럼 즐기지 못하는 일인가 본데

요즈음 풍류야 노래연습장에서 흘러간 노래 배경으로
백자나 청자 그런 감상이 아니고

서양 어떤 나라 동양 어느 섬의 옷 벗은 여자 젖가슴이나
둔부를 눈길로 쓰다듬으면서
맥주를 보리차 대용으로 꿀꺽 마시고 노는 일이
후회 없는 풍류 비슷한 것이라

이십일 세기가 간절히 바라는 풍류객은 과연 어떤 모습인가
잘 생각해보면 산 높아야 깊은 계류 흐른다는 일이나
한 경지 깨치면 저잣거리로 나선다는 선객의 입맛이
결국 하나라는 뜻인가
이도 저도 가릴 것 없이 한 줄기 바람으로 살아야 한다는 건가

높은 곳에서만 치어다 볼 얼굴이 어디 따로 있으랴
처다보는 님 고개 아플까 내려와 땅 위에 가볍게 내려앉는
낙엽을 내려다보며
고독한 사람 사랑에 모든 걸 걸어 외로운 사람
모든 걸 요구하는 곳에 내려와 앉는 낙엽만큼
자유로워지기를 사람이 사람을
얼마나 고독하게 하는지 절규하며 노래하는
요즈음 풍류도 오래 묵은 풍류와 다름없이
한 맛이라고 고개를 끄덕여 주고 싶은 밤이다

# 작은 응원 한다

계좌이체 십만 원
눈 딱 감고 이체했다

제비 새끼처럼 돈 달라고 입 벌리는 몫들이 스쳐간다
바닷속 생명들을 살리려 매달 바다로 나간다는
스쿠버다이버들
공기통에 산소를 공급한다고

그래, 왼손에 염주를 걸고 염불하며 돌린다고
개미 한 마리도 죽이지 않는다고
밤잠을 안 자고 정근한다고

바닷속 폐어구에 갇힌 물고기를 살릴 수 있을까
바닷속 그들의 공기통에 산소를 채울 수 있을까

작은 응원을 하기로 한다
설마 이 행위가 또 비난받는 일이 안 되기를 빈다
가끔 기부금의 의도와 달리 쓰였다는 일이 없기를

푸른 바닷속 생명이 펄떡이기를
어진 사람들의 생명이 이어가기를

# 운업(芸業)

보고 또 보고 마음으로 보고 보아라
내 마음 밭에 잡초가 자라고 있는가
저 밤하늘 별빛으로도 찾을 수 있는가
기상은 곧고 푸른 대나무로
기상은 사철 푸른 소나무로
기상은 이른 봄매화 향기로
살피고 또 살피고 매미 눈으로 살피라
내 마음 밭에 잡초가 자라고 있는가
오로지 홀로 앉아 정관하라
푸른 은행이파리가 비로 내리는 집
거기 머물거라

# 아버지의 집

망덕산 멧부리가 내려다보는 마을
윗집 할머니집 마루는 멍 때리기 좋았다
돌계단을 여섯 개쯤 밟고 내려서면
옹달샘이 눈을 크게 떠서 맞이하고
신작로까지 아버지 논은 앞들을 펼치고
훤한 이마 반가의 칠 칸 아랫집 기와집

자손들은 열이고 스물이고 모여 노래
연극을 하고 소란을 떨고 흥청거렸다
청룡언덕 대숲으로 스미는 지짐 냄새
할아버지 제삿날이면 장재골 귀신도
소나무에 묶인 빗자락 몽둥이일 뿐

아버지는 마을을 바꾸었다
그리고 세상이 바뀌기 시작했다
논을 줄여서 마을 샛 둑을 넓히고
차들이 마을 집 앞까지 드나들고
윗대 할아버지들이 구휼미를 나누었듯
식량을 좀돌이해서 빈곤을 쫓았다

마을 사람들은 아버지 송덕비를
마을회관 앞에 세워서 기렸다

내 마음에는 아버지의 집이 있다
넉넉한 기와집 마루에 볕이 들고
텃밭에는 오이 가지가 몸을 키우고
동생이 헛발 디뎌 옹달샘에 빠진
기억이 있고 사촌 간의 웃음소리가
이 방 저 방에 넘쳐나는 그 아랫집,
아버지와 아버지 집이 몹시 그립다

# 물보라길을 간다

가기만 하면 길이다 땡볕이 쏟아지는 사막 길도 소낙비를 맞으며 흠뻑 젖어가는 길도 맨발로 자갈길을 멋으로 걷는 길도 오로지 부처의 길을 따라 잡기 하는 영혼의 길도 그러나 나는 물보라길로 간다

그대에게 가는 길은 오로지 이 길뿐이다 보일 듯 보일 듯 보이지 않는 길은 시계를 가리는 듯 그러나 가리지 못한다 그대는 저만치 뒷모습만 가물가물 나타났다 사라졌다 혹시 헛것인가 비릿한 물내음이 밀려오기도 하고 물봉선 꽃빛이 붉게 발묵하다가 사라진다

처음 만난 그 여름밤 물보라가 자욱했던 탓일까 함께 앉았던 그 벤치 앞에 키 큰 나무 이름은 잊히고 오늘은 등골나물은 지나치고 누리장나무꽃으로 바뀐다 그대는 나의 길에 등대였던가 아니면 나의 무거운 짐을 재수 없이 짊어진 짐꾼이었든가 아이가 그려둔 연필화가 물안개에 뭉개진다

한 점에서 그대 우주에게 가는 길은 물보라길 거기는 나를 잉태했던 저 바다, 내 어머니의 양수에서 출발했다 다시 그대와 한 점이 되고 핵력은 별들이랑 참 경이로운 별 세계를 걸어가고 있다 오늘 밤은 어느 별이 기력이 다해 사라지고 초신성이 태어날까

# 눈바다, 죽해

김홍도의 청죽도에 눈이 내린다
내린 흰 눈 한 송이가 초록 댓잎 끝에 날아 앉자
휘움하게 휘었다가 다시 튀어 오르는 댓가지
흰 눈 한 송이의 무게도 견딜 수 없는 저 가벼움
이 겨울 눈 내리는 대숲에 은밀히 살 비비는 소리
죽책 넘기는 소리

결국 눈바다가 된 죽해, 대나무 바다, 조난 당한 사람 하나
호호 입김 따라 길이 뻗어간다 얼어붙은 땅 아래 땅줄기에
하늘로 치솟는 자각몽을 꾸는 기립의 순간
누구도 그 무엇에도 꺾이지 않을 관절을 가졌지,
아예 미리 속을 비워둔 덕분에,
푸른 숲이 흰 숲으로 포토샵이 되고
영혼은 고립되어 간다

백 년 만에나 만나본다는 대꽃을 만난 듯 환희가 앞장선다
어젯밤 별이 떨어졌을까 문득 반짝거리는 빛이 날아다닌다
아, 길을 막아선 가로누운 대 비켜줄 기색도 없이
바로 설 기운도 없이 그건 그대 사정이고 나의 길은 막지 말게나
뛰어넘어야지 그대는 하늘길을 향하고 나는 사람 길로 간다

먹이를 찾아 눈 덮힌 대밭에
가냘픈 발길을 내딛는 산비둘기
제발 입안에 무얼 넣고 삼키기를, 금전은 아니된다 체한다
사마천은 그렇게 큰 치욕을 넘어 사기를 남겼다
거센 물결을 뛰어 넘어야 한다
등룡각을 지난다 역시 눈바다는 난바다로다
저기 빙하가 깨어져 하늘바다가 열린다

봄인가 여름인가 땅을 따고 나올 너의 새순, 죽순의 엄지척
그렇게나 빨리 자라다가도 하아, 네가 몹시도 그리운 날
달빛이라도 쪼이면 꼼짝없이 1미터도 넘게 키를 키운다
그 무서운 속도의 그리움과 갈망이
멈추거나 저장할 수도 없이 치솟을 뿐이다
눈바다 죽해 땅속뿌리로 너를 더듬는다

# 가수리 동구

어디선가 달빛 그득한 밤
솔씨 하나 날아온다
돌돌돌 시냇물 소리 들으며
애련에도 물들지 않겠다던
다짐을 잊은 건 아닌데
그만 솔씨를 품고 만다

어느 것도 뿌리발을 내리지 못하던 내게
저 혼자 깊어지고
저 혼자 살 줄 아는
소나무는
산소혹부리로 내 가슴을 파고 든다
어디 한 번 네 사랑을 키워보렴아
보채는 바람 마른 몸은 물 한 모금
품어줄 수 없어도
빛과 어둠을 바꾸어가며 스스로 발을 뻗어

물길을
찾는 장한 내 사랑아
허고 많은 기름진 땅을 놔두고

내 품에 안겨 별빛을 바라보던 고절한 밤
덕분에
가수리 동구 바위벽에 서 있는 솔
그 솔을 그냥 지나치는 이 없다
그 솔을 쓰다듬고 두 손 모아 기도도 바친다

모가 닳고 닳아 둥근 바윗돌, 핵석은
결국 가슴을 뽀개 솔 한 그루
올곧게 품어 키운다

# 그 계곡, 으흐랄라

늘 모른 체했다
내 상처가 얼마나 깊은지 알고 싶지 않았다


갈라지고 터지고 덧나고 딱지가 눌어붙고
그래도 무심했다


당연히 피는 빨갛게 돌고 있다고 믿고 산다


양떼가 먹을 만큼 풀들이 자라고 있는 평원을
달리고 달렸다 내 나이 속도로 달리고 달려왔다


으흐랄라 계곡*
그 벼랑에 서자 나의 깊은 상처가 푸른 물빛으로
갈라 터진 깊고 좁은 계곡을 휘돌아 흘러가고 있었다


으흐랄라 모국어로는 놀라움을 표현하는 듯
으흐랄라 모국어로는 새로움을 나타내는 듯


짙푸른 유백색의 고름을 안고 깊어진 상처는
세상의 구경거리가 되고 있었다

내가 모른 체한다고 스스로 치유가 되지는 않는다

깊고 좁고 거친 으흐랄라 계곡 벼랑에 서서
사진을 한 장 찍는다 큰 짐승이 자신의 상처를
혀로 닳듯이 숨을 죽이며 고요히 셔터를 누른다


\* 으흐랄라 계곡(IHLARA Valley): 스타워즈 촬영지로 알려진 으흐
랄라 계곡은, 터키의 그랜드캐니언이다.

# 풋늙은 호박 한 덩이

거기는 산중 가마골 사거리

풋늙은 호박 한 덩이
길가 풀섶에 앉아 있다

탯줄은 누가 끊어 준 것일까

혼자 덩그러니 앉아 삼매에 든다
누구의 것이 될 것인지

애호박찌개는 서민의 단골 메뉴
늙은 호박은 건강즙이 된다만

풋늙은 호박은 누구를 만날 것인가
고추 내음 알싸한 찌개라도 될 것인가

탯줄이 끊기고 서리에 진저리칠 때
그때야 세상맛이 드는데

여기는 도심 말바우 시장 사거리
누구 것이 될 것인지

# 5. 아가니페, 정신 뻥나게

# 석등(石燈)
### —개선사(開仙寺) 터

어서 불을 밝히게나
나 이대도록
바람 부는 이 들녘에서 그대를 기다렸나니
낯선 얼굴로 대처를 떠돌다 온 객귀여
그대 안 깊은 성소에서
피어오르고 싶어 하는 핏물빛 꽃 한 송이를 위해
지성을 다하게
발원을 다하게
신묘한 주문으로 활짝 피어날 꽃등을 밝히게
옴 아모카 비로자나 마하무드라
마니 파드마 스바라바라 바라타카훔
지난밤 광야를 달려온
한 줄기 미친 바람도
그대의 간절한 등불은 끄지 못하리
새벽녘 화살나무잎에 앉은 이슬조차도
그 아름다운 불꽃 적시지 못하리니
마을과 마을, 사람과 사람 사이를 떠다니던
구름이여, 바람이여
어서 이 돌심장에 푸른 불을 지피게
한때는 경문왕의 공주

호르릉 새 한 마리 호젓이 노니는 산 그늘아래서

애절한 노래 벗 삼아

슬픈 천명을 다하는 석등으로 서 있나니

# 나의 향두가(香頭歌)

정녕 돌아가면 그 길은 어디에 닿습니까
떠나면 아무도 돌아올 줄 모르는 길
혹시 그곳은 원추리가 피어오르는 길일까요

거기는 가장 아름다운 춤이 있을까요
거기는 가장 아름다운 노래가 흐를까요
지극히 즐거움이 깃든다는 극락이 있을까요

여기 그대가 머물던 이곳에 눈 비 바람 꽃
모두 함께 하고 있습니다
그래서 겨우 살아갈 수 있습니다
사바세계, 견딜 수 없고 버틸 수 없으면
녹슨 못처럼 스스로 소멸될 일입니다

바람은
키 큰 갈참나무에게도 키 작은 풀잎에게도
다정하게 속삭입니다
오늘은 나의 사랑을 바람소리로
더 다정한 노래를 짓습니다

원추리 피는 길에서 부르는

나의 노래만이 그대에게 바치는 사랑입니다

Amor Amor Amor

하얀 손수건을 흔들며 하는 노래

파바로티의 소리를 빌리고 싶습니다

# 아고산대(亞高山帶)

마음의 등고선은 높고 외롭고 쓸쓸하다

어디선가 하늬바람이 비를 묻혀오고 해발고도점이 한 금
굽어지면 한 금 낮아지는 기온을 견디는 산오리풀 조릿대
원추리 내 등허리에서 피고 있다 노란꽃빛에 취해 주저앉
으면 저 아래 세상은 아주 없어진다

구름떡쑥 한 점 흘러간다 내가 낮아지는 것인가 굽어지는
것인가

어떤 열매로도 낫게 할 수 없다는 아픈 마음, 어서 나으라
고 박새 눈같이 까만 시로미 한 알 따서 입에 넣고 흰눈썹
황금새가 나는 걸 본다 일어서서 걸어야지

오늘 천오백이라든가 이천이라든가 거기 너른 서느라운
풀밭에 누워 용담꽃 짙은 남빛 밤을 맞아 달이라도 오르
면 바위종다리 새 걸음 하며 잠이 들어도 뉘 찾을 리 없다

깔끔좁쌀풀 꽃 같은 별이 뜬다 내가 별이 되고 싶던 오래
전 일조차 황홀이 아름답게 떠올라 눈물 안에 갇힌다

칼새가 물참나무 겨드랑이를 건드리면 털진달래가 선홍빛 꽃을 생각해내고 좀빗살나무는 빨간 열매를 달던 가을 바늘 엉겅퀴도 손가락을 한 개 또 한 개 펴서 적요를 찌른다

어린 시절의 비둘기 낭의 폭포 소리가 들린다 모든 것들은 어디로 흘러가는 것일까

꽃판의 유두를 지나 똑똑 떨어지는 밤이슬 또아리를 풀며 S자로 풀숲을 사아사아 지나간 가문비나무 아래 우로보로스(자기 꼬리를 삼키는 뱀) 그런 에너지를 들이쉰다

산정으로 더 올라갈까 등고선 몇 줄 더 그려 차라리 한라황기라도 되면 어쩌다 요행 꽃산행 오는 이랑 눈이라도 맞으면 아고산대는 좀 향기로울까 늦가을 남은 꽃 아아붉은 화산석에도 입맞춤을 하리라

슴베 박힌 마음만 절정을 향해 치닫고 있다

# 배우는 만들어지는 것이다

당신이 부처이시오 묻자 나는 그림자이오라고 답하는 영화 한 대목을 가슴에 담은 채 산기슭을 배회한다 멀리 호수한 가운데 분사되는 물보라가 아름다운 곳을 바라보면서

산은 그대로 앉아 있고 못물은 산그림자를 비추고 바람이 지나면 흔들리고 내가 가까이 서면 내 그림자도 그대로 비추이고 이 조화 속에 서 있자니

보고 싶다 깊은 산중 소리쳐 누군가 그리워 보고 싶다 산 역시 메아리를 보내던 기억이 나서 산과 물이, 산울림과 내 목소리의 관계에 추호도 틈새가 없이 만일 그런 털끝만큼 차이가 있으면 하늘과 땅 사이로 벌어지는 일 벌어지리라는 믿음이 생겨나서

산으로 앉아볼까 물로 비추어볼까 생각 생각타가 그런다고 물에 비친 산을 산이라 말할 수도 없어 스민 물로 키운 산의 권속 나무 풀꽃 돌들을 물이랄 수도 없어 말을 말자 이렇게 생각을 양쪽으로 몰아갔더니 한 가지로 통할 도리가 없어 궁리만 깊어지고

에잇

연출자가 시킨 대로 열심히 일한 뒤 지극히 사랑하고 본 마음 찾아서 찰나 간에 구경 각이나 얻거라 예이 그리하옵지요 복종하고 분장 따로 소품 따로 그럴 것도 없이 지은 대로 사니까 그럼 연출자가 누구요 누구요 그 물음으로 나를 묶어놓고 지은 대로 사니까 내가 그리했고 습관적으로 내가 그리하고 그 습관 못 버려서 또 그리할 것이라 결국 지은 것에 끄달린 나란 한낱 그림자에 불과하니

배우는 만들어지는 것이다 라는 말에 미소 지으며 쿤둔이란 영화에서 당신이 부처이시오 묻자 나는 그림자이오 라고 답하는 대목에 내 물음이 오버랩되어 추호도 어긋남 없이 산과 못물의 관계와 나와 내가 지낼 것을 신실하게 다짐하자 한 줄기 빛다발이 쏘아 들어와 활 활 활 타오르고

# 회유해면(廻遊海面)

목에 삼도(三道)를 걸고 이 겨울, 귀신고래가 되어 울산 앞바다를 헤엄친다 나의 뱃속 1년 후에 만날 내 새끼를 잉태하고 암초에 붙은 이끼를 뜯으며 꼬리지느러미를 흔들며

바람 따라 여기 왔다 이곳에 여름이 오면 찬바람 따라 오호츠크 해안으로 간다 나에게는 더 이상의 상상은 없다 누군가 와서 쓰다듬다 만 자리 작고 흰 얼룩이 생겨나고

경계가 있다 마다 나의 감성은, 극한지에 서서 느끼는 성감대 눈물 피 그래서 극경(克鯨) 이젠 더 이상 작살을 던지지 말아주었으면
오, 견딜 수 없음이여 피눈물이여

천신만고의 회유해면 물이랑을 세며 어머니를 떠올린다 함께 바라보던 장생포 바다 핏물 뚝뚝 들던 고래 고기 좌판 앞에서 질겁하던 어머니의 어린 새끼, 나의 저 날카로운 비명이 들리지 않는가

이제는 먹이를 찾아 이동할 수 있는 쇠고래 한 마리, 저녁노을을 폭풍 흡입하는 이 겨울, 동해는 몸을 허락한다 또 다른 한 마리 어린 귀신고래를 위하여

# 소쇄원, 환상의 헤테로토피아

— 거기는 영원한 노래가 들리네

흐르는 바람과 물이 그대를 불렀네
함께 영원한 노래를 부르자고
산골물 가까이에 서 있는 저 붉은 자미
어찌 한 열흘만 향기롭고 말겠냐고
그대랑 저 계곡물이 흐르듯이
그대랑 저 바람이 불어 가듯이
함께 영원한 노래를 부르자고

아, 거기는 영원한 노래가 들리네
아. 거기는 봉황의 노래가 들리네

— 그 사람들은 무궁한 사랑이라네

내 벗은 점점 붉어가는 치자 한 알인가
내 벗은 늘 푸른 치자잎이 아닌가
서리가 내려 덮이고 눈이 쌓여 하얀 나무
한 그루 치자나무 사람답게 맑고도 고와라
한 그루 치자나무 가득 향기로워라
서리가 내려 덮이고 눈이 쌓여 하얀 나무
붉은 치자 한 알, 늘 푸른 치자 이파리

아, 소쇄원 사람들은 무궁한 사랑이라네
아, 소쇄원 사람들은 무궁한 사랑이라네

— 그 이름 쉽게 사라지지 않으리라

뜰 앞에 맑은 그림자를 드리운 매화 한 그루
산기슭 문득 멈춘 붉은 언덕 매화 한 그루
북창을 열면 마주하는 그윽한 매화 한 그루
부훤당 고암정사 옛 뜰에 돋아나는 풀 한 포기
비 갠 후에 달이 뜨고 비 갠 후에 볕이
따사롭고 온화한 바람이 불어오면 청대숲이
생황을 타면 그대 오는가 말방울 소리 들리네

아, 소쇄원 그 이름은 쉬이 사라지지 않는다네
아, 소쇄원 그 덕망은 쉬이 사라지지 않는다네

— 벗이여, 한잔 마시게나

저절로 빙빙 도는 물은 벗 앞으로 옥잔을 건네네
아리따워라 벗이여 소반에 나물로 우리는 넉넉하네
저절로 빙빙 도는 물은 벗 앞으로 옥잔을 건네네
아리따워라 벗이여 하늘엔 솔개가 날고 물 속에는
물고기가 놀지 않는가 오늘 술잔은 그칠 줄 모르고
계곡을 베고 누운 글방의 글소리 밤이면 하늘에 올라
별자리가 되고 비류는 천금을 짜는 물레방아를 돌리고

아, 이 아름다운 자리 벗이여, 한잔 마시게나
아, 이 아름다운 자리 벗이여, 한잔 마시게나

— 돌멩이 하나, 풀꽃 한 송이, 그리운 보석이라

그대는 나의 풀꽃, 나의 돌멩이 하나, 나의 보석
아는가 나의 그리움 아는가 나의 사무침
청청한 그대 부러진 대나무가 되어 스러지고
매화의 빼어난 모습 그 향기를 볼진데
모름지기 돌에 꽂힌 그 뿌리를 보라
황혼에 성긴 그림자 물 위로 드리우나니
마침내 구름이 사라지자 빛나는 달빛이여, 그대여

아, 사무친 마음은 돌멩이 하나 그대를 보듯이
아, 그리운 마음은 풀꽃 한 송이 그대를 보듯이

# 오, 그건 안 돼

그건 안 돼 오, 그건 안 돼
아기 돌고래가 비닐봉투 속으로 머리를 집어넣습니다
곧 비닐봉투를 뒤집어쓰고 어떻게 머리를 빼낼지 모르고
빙빙 돌고 돌고 돌고래 아기 돌고래

아기가 장난감에서 블루베리 열매를 떼어서 꿀떡
오, 안 돼 안 돼 그건 안 돼 아이를 안고 병원으로 튀어 갑니다
오, 어떻게 해 아기 돌고래 엄마는 어떻게 해
우리 아가는 눈을 동그랗게 뜨고 웃습니다

아기 돌고래가 장기 자랑을 합니다
우리 아기가 아장아장 걸어서 아기 돌고래 재롱을 보고
짝짝짝 박수를 칩니다
우리는 하나입니다 바다도 땅도 우리가 사랑하는 우리입니다

오, 안 돼 바다에 폐기물 버리지 마세요
거북이도 고래도 살 수가 없어요
더구나 돌보는 부모가 없어요
우리 아기가 달려갔던 병원도 없어요
안녕 아기 돌고래 우리가 살펴 줄게 사랑해 아기 돌고래

# 워터월드

32억 년 전으로 간다
시간여행은 빛의 속도로 가능하다

거기 물만 있었다고
거기 미세대륙이 점 점 점

상상할 수 있다
남해 바다에 떠 있는 섬들을 보면

바다의 옥시젠-18
나의 대륙과 동위원소가 같다고

단세포가 생겨날 때
지금 나의 탄소 배열도 시작되었으리라

20억 만 년 전에 핵분열된 다이아몬드
지금 나의 원자 분열도 형성되었으리라

시간의 살이 누누이 쌓이고
나도 모래와 자갈 사이에 끼어

압력을 받은 역암은 끝없이
파도에 씻기고

다이아몬드의 바다
나의 몸 어디에 숨었는가

# 6. 아타락시아

# 우금암도(禹金巖圖)

그림은 시보다 기행문보다 더 닿을 수 있다고
표암 강세황은 우금암도 진경산수도를 남겼다

어찌 바위 끝을 돌아 원효의 굴을 가 볼 수 있을까
어찌 불사의 방에 들어가 볼 수 있을까

다만 미국 L 카운티 미술관에 소장된 그림 앞에서
백척간두진일보, 그 깊고 간절한 기도를 올린다

이제 더 높은 곳을 그리워하지도 않는다
낮은 곳이 얼마나 평화롭고 넓고 깊은지 알기 때문이다

바위 사이 바위 소나무가 말한다
먼저 1199년 이규보도 다녀가고 나중 1770년 강세황이 보고

이 불사의방과 원효굴이 있다는 우금암도를 감상한다
지금 '흔들리는 꽃들 앞에서 끄덕이는 바위'를 바라본다

# 어떤 여행자

결코 도망 길은 아니다 더구나 소풍 길도 아니다
그는 자신을 찾아 떠나는 중이다 입에서 항문까지
영혼에서 육신까지 피의 순환을 직시하며 저 꽃잎에
입술이 닿을 때 그 진동을 찾아 떠난다

마냥 바람 속에만 서있는 것은 아니다 높은 곳에만
서 있지 않았다 금방 슬픔에서 건져 내온 미소 젖은
눈시울로 떠나는 여행자 작은 꽃들이 핀 길을 따라
오래된 성당의 뾰족 탑이 있는 거리를

나의 영혼은 어디서 무얼하다가 이 거리를 지나고
있는가 누군가는 기립박수를 하고 누군가는 쑤군대는
낯선 거리에서 따뜻한 차 한 모금을 신약처럼 마시고
볼이 붉어진다

순례의 길은 어디서 끝이 날 것인가 그 길의 끝을
맑은 눈으로 직시할 수 있을 것인가 나를 깨운 나무여
새여 샘물과 바위여 나의 정든 길이여 나의 노래여
한 방울 이슬 그리고 한 줄기 바람이 되어라

# 율동

적적한 여름 한낮 풀숲
저승가시나무 이파리 하나
끈덕끈덕
저 산속 강물살 밀려온다
빨간 몸통 검은 점박이 무당벌레
날볕에서 두 몸이 하나로 포개져 하나
행여 잠든 산이 깰까
조용히 아주 조용히 그 몸짓
구릉을 타고 넘고 수풀을 흔들며 오고
영원의 전율을 듣고 있는
내 악기의 고독한 현(絃)이여

# 산자고 곁에서 약수를 마시다

하마터면 밟을 뻔 했다
너의 어여쁜 얼굴

약수 한 바가지 들고
왼쪽 발을 든 채

너를 지킨 에너지
남산 계곡에 그득하고

산자고여
너는 영원히 어여뻐라
시어머니가 산자고로 며느리
등창을 낫게 했으니 그 사랑

단전까지 휘돌아 나오는 봄기운
새소리 높여
산자고 꽃대를 짓밟음에서 지키다

# 생이돌에 앉으면

우리 새가 되자 저 바다가 기다리는 게우코지 쪽으로 날아가자 푸른 바다를 한 바퀴 두 바퀴 돌다 돌다 잠시 쉬고 싶으면 생이돌 그곳 쉼터에 앉자 한 개 또 한 개 날개를 접고 앉아 저 바다를 보자

게웃처럼 바다로 흘러들어가는 검은 돌무더기 그 끝자락이 숨은 바다 거기서 영원을 떠올려보자 하효포구의 해 뜨는 아침을 즐기자 우리는 새가 되자 다시 날개를 펴고 단 한 번도 움직이지 못한 생이돌의 소원도 풀어주자

우리 새가 되자 우묵사레피나무 결을 따라 날다가 불물로 흘러든 굽깍이 용암을 상상하자 그런 후 푸른 물감 풀어 저 검은 바윗돌에 생겨난 물레선 그리고 불타던 우리 사랑을 떠올리자 잠시 생이돌에 쉬다가 다시 파랑 물감통을 엎어버린 바다 위로 활공을 하자

쉰다는 일은 재창조라고 생이돌에 앉아 비인간적인 우주에 의미 부여를 한다 행복하고 싶고 사랑하고 싶고 새가 되고 싶고 무언가 의미가 되고 싶은 새가 아닌 사람이 물고임 바윗돌 위에 홀로 앉아서 쏴아 쏴아 획을 긋는 파도 소리를 듣는다

# 아직도 캄캄한 그 자리, 본래면목

산길을 오른다 상수도 시원지이다 오염시키지 말라는 경고판, 어머니의 한 생각 중생 바다에 나를, 자식을 띄운 날부터 마지막 산길을 오를 때까지 그 물줄기는 지금쯤 바다에 닿았을까

'살아만 남아라' 내 어머니의 호신진언 그 절절함은 상실에서 비롯됐다 홍역 하다가 젊은 엄마를 눈물바다에 익사시킨 세 살 아들, 진 자리 마른 자리 살피던 젖먹이 딸 유명을 달리했기 때문이다

옴마니반메훔 호신진언은 붉은 피로 흐른다 못 이길 세상 만나도 살아남아야 한다 미워 죽일 사람 만나도 그 어머니가 내 어머니와 다름 아니다 누굴 미워할 수 없는 이치는 되새김질한다

절로 절로 나 태어난 자리를 묻고 또 물으며 어머니 탯줄 이전에 을러멨던 끈을 찾다 보면 아직 그 자리는 안개에 가려진 상상 봉오리이라 내 어머니 이전에 나를 길러온 그 자리가 본래 면목이오 미생 전의 자리, 어서 훤히 드러나 밝아오기만을 '이 뭣고'란 꽃이 피어나기만을

# 너와 함께 있었으면 얼마나 좋을까
– 머체왓 숲길

누구의 영혼일까 머체왓 숲길 능선 위로 떠가는 흰 구름은, 끝내 불길에서 튕긴 깊은 사유는 붉은 돌덩이로 지상에 쌓이고 쌓여서 돌 숲길은 처녀 볼처럼 붉다 살랑 바람이 일고 제밤낭기원쉼터를 지나온 수상한 내음이 맴돈다

'정숙, 말 임신 중 조용히 지나가세요' 늘 말이 적었던 너는 나의 임신도 정숙하게 받아들였다 그냥 없는 듯이 아무 변화도 느껴지지 않았다 토끼풀밭을 지나고 양지꽃에 고개 숙이고 결국 울음을 꿀떡 삼킨다 느쟁이왓다리 위를 걷는다 낙엽은 조심해야 된다 미끄러질 수 있다 너는 없고 깊은 숲향기만 앞선다

훅 꺼진 밭에도 푸르름이 가득 담겼다 목야지에 불을 놓았던 '방애' 그래서 돌담 안은 방애흑이란다 너는 나의 마음밭에 돌자갈도 채웠다가 초봄 봄풀 그런 푸르름도 그득 키우다가 문득 불을 지르고 활활 타고 난 검은 빛으로 흑칠을 하고 내 안에도 네가 불지른 방애흑이 있다

그늘진 바위에 석이가 무성하다 오래된 나무에도 마찬가지다 나의 해묵은 기억의 방식도 무슨 식물이 터를 잡

는듯하다 음지이다 습하기도 하다 나는 무얼 기르고 있는
가 물 빠짐도 좋지 않는데 공중습도도 메마른데 무얼 기
르고 있는가 화산암이 지나간 흔적을 안고 살고 있지 않
는가 우리가 함께 걸었던 목초밭길 그리고 뚝 뚝 붉은 꽃
지던 동백꽃길 저만 홀로 따라온다

# 홍어연가

울고불고 그대를 보냈던 봄날이다
홍어코를 먹으며 화아
홍어생식기를 먹으며 또 화아
그날처럼 울고불고 홍어를 먹는다

울고불고 그대를 보내던 봄날이다
홍어튀김을 한 입 베어 물자 화아
뜨건 김이 머릿속까지 화아
처음 그대를 보던 순간 화아

울고불고 그대를 만나던 봄날이다
홍어좆같은 그날
그대 일생 없어도 좋을 재수 없는 날
나를 만나던 날이 아닐까

혼자 홍어보리애국에 밥 말아 죽 같은
봄날을 후우 후우 퍼먹는다
가야산 앙암바위에 진달래꽃이 피는 소리
두견두견 들린다

# 설원리 모과

그대 손에 따내려졌으면
산바람 강바람 쏘인 그 손에
눈물과 웃음이 씻어낸 그 손에

안으로 안으로 울던 속울음
별빛 눈 맞추며 지새던 밤
무서리 흠뻑 적신 살빛은 달빛에 빛나고

이젠 이리도 향그런 나
못생겨 아무도 탐하지 않던 나

십일월 찬바람 서리 속에
아직도 나무를 지키고 있는 나
마음에 있지 않으면 보아도 보이지 않는다고
부자(夫子)는 제자들이 모과만 같기를 원했고

# 절정체험보류기

이미 예감했던 일이었다
깎아지른 붉은 석벽에 비끼는 노을 속
빗금 치며 빗발은 급히 걸어갔다

그 순간 너는 한 마리 나는 새의 아름다움을
말하려 하나, 차라리 쏘아 떨어뜨리고 싶은 맘이었다

손아귀에 잡힌 것들의 할딱이는 맥박과 처절한 눈빛을
보면서 네 핏속에 빠르게 지나가는
환희의 춤사위 광란의 아우성

그 엑스터시를 위해 너는 나의 손목을 더욱 조이고
새의 축 처져 가는 날개와 눈빛에 맞춘 그 날 세운
눈빛으로 쏘아보지만 이동하는 목표물은

세로로 내리는 빗속을 가로로 비켜 날면서
선지(禪智)를 일러준다

원적암 측간 네 벽에 도배된 나비는
아직 날아본 적이 없다고

# 『에릭 사티와 흰 돌을 명상하다』를 읽다

오영순(슬로우 라이프 디자이너)

'에릭 사티'(Eric Satie, 1866~1925) 음악은 프랑스의 감성이 가득하다. '난 널 원해' 가곡을 듣는다. 평생 함께 있기를 바라는 연인의 달콤함이 스민다. 'Bonjour Bicki Bicki'는 귀걸이처럼 달달하게 달라붙는 음악이다. 그의 연인 발라동의 애칭 'Bicki'을 부르는 노래이다.

"나는 이 늙은 세상에서 너무 젊게 태어났다." 자화상 아래 남긴 글이다.

1893년 화가이자 그림 모델이었던 수잔 발라동과 사랑에 빠지고 결혼은 거절당했다. 그러나 이웃에 살면서 사랑을 지속했으나 발라동이 이사 가면서 관계가 끊어졌다. 다시는 사랑을 하지 않았다고 전해진다. 사티의 초상화를 그린 뒤 발라동은 이렇게 말했다.

"이 그림을 그릴 때 나의 몸과 마음이 이상해지는 느낌이었어요. 내가 그린 게 아니라, 당신의 어머니가 내 몸속으로 들어와 이걸 그린 것 같아요."

단 한 번의 사랑 수잔 바르동은 화가 모리스 위클리드의 어머니이다. 사티 사망 후 61세 때 발견된 연애편지 한 묶음을 읽으며 "솟아오르는 추억이 괴롭기도 하고 즐겁기도 하지만……"이라는 말로 묘한 여운을 남겼다.

에릭 사티 초상화, 수잔 발라동

주요 작품은 피아노 작품으로 '탄두' '3개의 사라방드' '3개의 짐노페디' '6개의 그노세엔느' '짜증' '고딕 댄스' '차가운 소품' '2개의 물건' '상자 안의 적' '꿈꾸는 물고기' '엉성한 전주곡-개를 위해' '원숭이의 춤' '자동기술' '스포츠와 디베르티스망' '끝에서 두 번째 생각들' '몽상적 야상곡' '바짝 마른 배아' '장미빛 손가락을 가진 오로라' '가구음악', 중창 '가난한 이를 위한 미사' '소크라테스 (1917~1918)', 발레 음악으로 '행렬' '머큐리' '휴식' 그리고 실내악은 '좌우로 보이는 것(바이올린과 피아노 1914)'

그의 작품 제목을 짐노페디 박자에 맞추어 천천히 읽어본다. 문득 그가 살아온 리듬이 따라붙는다. 일부러 마침표나 쉼표 없이 열거해본다. 계속 소리 내서 읽노라면 알 수 없는 세상이 펼쳐지는 걸 느낀다. 사티는 시대를 앞선 음악가였다고 하는 말에 끄덕여 본다.

작곡 외에도 사티는 가명을 사용해 다다이즘 전문지 '391'이나 재중문화를 다루는 'Vanity Fair'를 통해 많은 글을 투고하였다. 사티는 20세기 파리의 아방가르드 작곡가 중에서도 상당히 독특한 인물로 꼽히며 미니멀리즘이나 부조리극 등 20세기 예술운동의 선구자로도 불린다.

별난 작곡가의 기묘한 사생활은 이렇다. 12개의 똑같은 벨벳 슈트를 한꺼번에 주문했다. 한 개가 닳아질 때까지 계속 입고 그다음 옷으로 넘어갔다고 한다. 그래서 죽을 때 새 수트 6개가 남아있었다고.

사티는 햇볕을 싫어해서 늘 우산을 가지고 다녔다. 죽고 난 뒤 집에 100개가 넘는 우산과 84개의 손수건이 있었다. 집에서 몽마르트르까지 20㎞ 걸었다. '혹시 몰라서' 옷 속에 망치를 숨기고서.

사티는 오로지 흰 음식만 먹었다. '나는 7시 18분에 기상하고 19시 29분부터 11시 47분까지 영감을 받는다.' 이런 식의 생활 계획표이다.

나는 왼쪽 눈만 감고 깊게 잔다. 나의 침대는 동그랗고 머리가 들어가는 구멍이 있다.

'에릭 사티 벽장 박물관'이 있다. 아르쾨유 오두막 창문마저 봉쇄하고 27년을 살았다고 한다. 〈르 샤 누아〉 '검은 고양이' 몽마르트르의 카바레 그곳에서 드비쉬란 예술가들과 교유했다. 사티가 단순과 반복을 추구하는 미니멀 스타일의 음악 '백사시옹(Vexations, 짜증)'을 작곡할 당시 쉬잔이 떠났다.
발라동이 말한다.
"애인을 만들고 싶다면 아티스트 말고 남자를 사귀어야

해. 예술은 우리가 증오하는 삶을 영원하게 한다. 난 내가
신념을 갖는 것이라면 절대 배신하지 않았고, 끝까지 포
기하지 않았다."

죽음 전에 했던 말이라고 한다. 사망 후 평가받는 그림
을 남겼다.

푸른 방, 수잔 발라동(1923, 캔버스에 유채, 90×116㎝, 프랑스 파리 퐁피두센터 소장)

가장 길다는 이 곡은 4분음표 13개를 840번 반복하는
것인데 마디도 없고 박자표도 없고 클라이맥스 없이 그저
계속 연주해야 한다. 주제를 연속적으로 840번 재생하려

면 심각한 부동의 상태를 통한 침묵 속에서 사전 준비를 하길 권한다. 이 곡은 1963년 리코딩 된 바 있는데 10명의 피아니스트가 18시간 이상 연주해야 했다.

사티는 BGM 장르의 선구자이다. 가구음악을 들어보자. 1902년 사티는 사람들에게 제발 음악을 무시하라고 했지만 잘되지 않고 사람들이 연주만 하면 말을 멈추고 연주에 집중해서 괴로워했다는 후문이 있다.

악보에는 기본적인 것도 없고 마디도 적지 않는 경우도 많았다. 대신 '너 자신에 대해 생각해봐'라든지 너의 예지력을 발휘해봐 '달걀처럼 가볍게' '충치를 가진 나이팅게일처럼' 이런 지시어들이 있다.

저자는 책을 통해 "그 모든 것을 뛰어넘어 그의 음악에 끝없이 흐르고 있는 것은 고독, 그것도 '왠지 모를' 고독"이라고 말한다. 이에 관한, 책에 등장하는 흥미로운 대목이다. '사티는 음표를 더해 가는 방법이 아니라 오히려 불필요한 음들을 빼는 작업을 한 거야. 맨 마지막에는 도저히 잘라낼 수 없는, 없어서는 안 될 음들만 남기는 방법이었어. 바로 진실만 남은 것이라고 사티는 말했지. 사티는 이렇게 가벼워진 음들과 함께 시간을 초월한 자신만의 세계로 떠날 수 있었던 거야.' (김석란 연주가)

사티의 죽음은 작은 석고 기념물에 가난뱅이라고 쓰여있다.

"그는 평생 '무슈 르 포브르' 즉, '가난뱅이 씨'라고 불릴 만큼 가난했으며 단 한 번의 연애를 끝으로 독신으로 살았습니다."

역사 속에 묻혀있던 그를 다시 발견한 것은 프랑스 영화감독 루이 말이었다.

1963년, 루이 말 감독은 자신의 영화 〈도깨비불〉의 영화음악으로 사티의 피아노곡을 사용했다. 영화가 개봉되자 '정신이 아찔해질 만큼 아름다운 이 음악은 대체 누가 작곡한 거지? 뭐? 사티라고? 도대체 그가 누구야?' 하며 전 세계가 깜짝 놀랐다.

나는 3개의 짐노페디의 건반음 때문에 에릭 사티에 몰입되었다. 천천히 시간을 음미하면서 슬로우 라이프 생활을 한다. 새벽빛이나 노을빛, 그리고 돌담을 따라 걸으며 '소크라테스'를 듣는다. 후두둑 떨어진 능소화 붉은 꽃더미에서 쉬잔 발라동을 떠올린다.

슬로우 라이프 디자이너이고 시인이기도 한 나는, 미니멀리즘의 사티 음악과 기묘한 사생활처럼 혼자 생활을 하

며 흰 돌을 오래 바라보는 습성이 생겼다. 예술은 이런 하
찮은 생활을 조금 더 격을 높인다.


〈참고문헌〉

- 위키백과, 에릭 사티
- 정애경 음악감독의 글 「별난 작곡가의 기묘한 이야기」
- 침묵의 작곡가 에릭 사티 탄생 150주년 중에서, 르몽드 디플로마티크, 2016년 9월호
- 김석란, 올림, 2022년
- 수잔 발라동, 푸른 방, 예술은 우리가 증오하는 삶을 영원하게 한다
- 김민의 그림이 있는 하루
- 에릭 사티의 부치지 못한 편지, 피나(PINA)